D1085974

la main froide

François Tardif

Nick
la main froide

ÉPISODE 2
MIRACLES À SAINT-MAXIME

Illustrations de Michelle Dubé

Les éditions
du petit monde

Les éditions du petit monde
2695, place des Grives
Ste-Rose, Laval
Québec H7L 3W4
450-622-7306
www.leseditionsdupetitmonde.com
www.nicklamainfroide.com
Francois.Tardif@leseditionsdupetitmonde.com

Correction et révision linguistique : Carole Leroy

Conception graphique : Olivier Lasser

Illustrations : Michelle Dubé

Dépôt légal,
Bibliothèque nationale du Québec, 2007

**Catalogage avant publication de Bibliothèque et Archives
nationales du Québec et Bibliothèque et Archives Canada**

Tardif, François, 1958-

  Miracles à Saint-Maxime

  (Nick la main froide)
  "Épisode 2"
  Pour les jeunes.

  ISBN 978-2-923136-02-8

  I. Dubé, Michelle, 1983- . II. Titre. III. Collection : Tardif,
François, 1958-   . Nick la main froide.

PS8589.A836M57 2007   jC843'.6   C2007-940878-8
PS9589.A836M57 2007

FRANÇOIS TARDIF est né le 17 août 1958 à Saint-Méthode au Québec.

Il a étudié en théâtre, en cinéma et en scénarisation. Auteur de la série télévisée *Une faim de loup* diffusée sur *Canal famille* et sur *Canal J* en Europe, il en interprète aussi le rôle principal, *Simon le loup*. Il est aussi l'auteur de nombreuses pièces de théâtre pour enfants dont : *La gourde magique*, *À l'ombre de l'ours*, *Vie de quartier*, *La grande fête du cirque*, *Dernière symphonie sur l'île blanche*, *L'aigle et le chevalier* et *Les contes de la pleine lune*.

Maintenant il plonge dans l'univers de *Nick la main froide* et en prépare déjà l'écriture de ses prochaines aventures dont *Les espions*, *Le secret de Vladana*, *La coupe de cristal*, *Le dôme de San Cristobal* et d'autres histoires à venir qui mèneront Nick et toute sa bande aux quatre coins de la planète.

* * *

MICHELLE DUBÉ est née le 5 Septembre 1983 à Baie-Comeau au Québec.

Elle crée avec Joany Dubé-Leblanc la revue *Yume Dream* dans laquelle elle publie ses bandes dessinées. Elle travaille aussi comme dessinatrice avec Stéphanie Laflamme Tremblay sur une nouvelle BD.

Elle adore le dessin et l'écriture. Cela lui permet de s'évader et d'avoir une bonne excuse pour avoir l'air dans la lune. Dans ses passe-temps, en plus d'adorer la compagnie des animaux, elle dévore les romans en grande quantité. Nouvelle collaboratrice aux éditions du petit monde, elle se lance dans l'illustration des personnages des nombreux épisodes à venir de la collection *Nick la main froide*. Bienvenue dans l'aventure.

Résumé de l'épisode 1

Nick montre à Martin les pouvoirs mystérieux de sa main froide. Martin, à la fois effrayé et attiré par son nouveau voisin, essaie de le fuir. Il laisse Béatrice accompagner Nick jusqu'à son repaire secret. Puis, voyant que Nick réussit à changer l'atmosphère lugubre de sa classe de troisième année, il décide de plonger définitivement dans le monde extraordinaire de Nick la main froide.

CHAPITRE 1

Le retour de Martin

Après l'école, Martin rejoint Nick et la petite Béatrice dans leur cachette secrète.

— Nick... c'est moi !

— Martin ?

Nick lui ouvre les portes dérobées menant à la grotte.

— Ne t'en fais pas Nick, personne ne m'a suivi jusqu'ici, j'ai bien regardé autour de moi !

— Je sais Martin, entre !

— Bonjour Béatrice !

— Bonjour Martin !

— Assieds-toi Martin, j'espérais vraiment que tu viennes, on a besoin de toi !

— Ah ! Oui ?

Nick leur raconte alors une petite partie du plan audacieux qu'il prépare pour le lundi matin suivant.

— Mais... tu penses que ça va fonctionner ? s'inquiète Martin qui n'en revient tout simplement pas de l'audace de son ami.

— Il nous reste à convaincre ma tante Vladana !

CHAPITRE 2

Une petite goutte pas comme les autres

En descendant l'escalier qui mène au sous-sol de la maison où il a sauvé Nick, Martin est encore un peu craintif. Une mystérieuse odeur de souffre continue à lui chatouiller les narines. Et si Nick lui avait menti en ce qui concerne son merveilleux plan ? Et si cette tante Vladana était en réalité une dangereuse criminelle qui fabrique des bombes pour les terroristes du monde entier ? Et si et si et si… Martin pense à fuir de nouveau. Pourtant, poussé par Béatrice, il se rend jusqu'au sous-sol où Vladana Loutchinski, tout de blanc vêtue, fait bouillir des liquides multicolores. De la fumée blanche s'évapore de centaines de fioles et toute la pièce est remplie d'un léger nuage dégageant une délicieuse odeur de vanille.

— Tante Vladana! s'écrie Nick, en lui sautant au cou.

— Vous êtes Martin et Béatrice, n'est-ce pas? Tenez mettez un masque, ça pourrait dégager des odeurs désagréables.

Tante Vladana fait signe aux trois amis de reculer un peu, puis elle ouvre la valve d'un grand réservoir accroché au plafond. Aussitôt un liquide jaunâtre qui ressemble à du jus de pommes coule dans un petit tuyau pour se mélanger aux liquides bleu, vert, rouge, jaune, rose, brun et violet des sept fioles à moitié pleine qui continuent de bouillir.

Martin a l'impression d'assister, soit à la fabrication d'un poison mortel, soit à la confection d'une potion magique.

Vladana demande encore à Nick et ses amis de reculer, puis elle allume le feu des sept brûleurs sous chacun des alambics.

Le liquide jaunâtre se répand également dans chacune des fioles et, aussitôt, de violentes réactions chimiques provoquent de légers éclairs un peu partout dans le laboratoire secret.

Nick pose sa main froide sur l'épaule de Martin pour le calmer un peu.

Au bout de cinq ou six secondes pas plus, Vladana referme le réservoir contenant le liquide jaunâtre, éteint les brûleurs et, en un instant, tout se calme; les liquides arrêtent de bouillir. Nick, Martin et Béatrice s'avancent pour mieux voir. Vladana saisit un tout petit pot de verre qu'elle place sous un robinet relié aux sept flacons par un interminable enchevêtrement de tubes et de fils.

Bizarrement tous les liquides disparaissent un à un au milieu d'une série de petits éclairs qui rebondissent sur les murs du sous-sol, passant sous le nez inquiet des trois spectateurs pour revenir vers les fioles. Au bout de trois secondes, elles semblent toutes vides.

Tante Vladana, concentrée, mais toujours souriante, ouvre le petit robinet. Alors, une seule goutte magnifique et multicolore s'écoule et tombe dans le petit pot de verre. Un éclair immense irradiant la lumière de dix soleils sort du plafond et entre dans le petit pot, puis disparaît dans le contenant. Vladana referme vivement le couvercle du pot et se retourne vers Nick qui enlève son masque et saute de joie.

— Tu as réussi, tu as réussi, tu as réussi tante Vladana, je le savais, tu es une génie !

Une heure plus tard, dans la cuisine, Vladana sert biscuits et verres de lait à Béatrice, Martin et Nick.

— Êtes-vous une sorcière ? demande timidement Béatrice.

Elle sourit. Vladana est grande, très belle, presque sans âge et semble tellement heureuse qu'on a le goût de rester à côté d'elle pour toujours. Avec ses cheveux blonds ébouriffés, elle n'a rien de la sorcière habituelle.

— Vous êtes chimiste en tout cas ! rajoute Martin, rassuré de voir comment Vladana est simple au point de faire aussi des biscuits, pas seulement des potions.

— Pas vraiment... un peu... servez-vous, les biscuits sont pour vous. En fait c'est mon passe-temps, ma passion, une passion que je partage avec Nick. En fait, je travaille à la cafétéria de l'école secondaire des Ruisseaux, mais je me suis toujours intéressée aux expériences scientifiques et aux recettes de nos grands-mères qu'on appelait les apprenties sorcières. Avec Nick j'ai fabriqué des parfums extraordinaires qui rendent la vie si agréable !

D'une petite armoire, Nick sort des centaines de petits pots de verre remplis de mille odeurs qui rappellent le désert, la montagne, les lacs, la joie, les retrouvailles, les fruits, le beurre d'arachide, la paix, la fête....

— Je n'ai jamais vraiment cru à la magie ou aux potions extraordinaires, mais il y a trois ans, dans des livres scientifiques très rares et très vieux (au moins 2500 ans), j'ai mis à jour de grands secrets. L'un, je l'ai découvert dans un tombeau égyptien et les trois autres dans une grotte du Grand Canyon. Par un hasard incroyable, j'ai eu la chance d'être la première à les consulter, et, au milieu des pages de l'un de ces livres, j'ai vu une petite feuille écrite en code. J'ai senti au fond de moi que je venais de trouver là ce que je cherchais depuis toujours sans vraiment savoir ce que c'était. Nick m'a aidé une première fois à décrypter les codes et à réaliser une sorte de recette. Ça a mal tourné ! Il y a eu une explosion et c'est là que Nick a reçu sur sa main droite le liquide qu'on venait de fabriquer. Sa main a grossi puis elle est devenue rouge, bleue, et de toutes les couleurs imaginables.

— À l'hôpital, continue Nick, les médecins ont voulu me couper le bras, puis le lendemain matin tout était redevenu normal. J'ai guéri, comme ça, sans médicaments, sans rien. Tout le monde a oublié l'incident mais Vladana et moi, on s'est rendu compte que ma main a, je pense, gagné une sorte de pouvoir.

Soudain Martin se lève ; il a tout compris :

— Ah ! Alors la goutte de tout à l'heure, c'est la même chose qui est tombée sur Nick ?

— Oui, dit Vladana, je crois que j'ai enfin réussi à isoler ce pouvoir-là dans une seule goutte sans faire exploser quoi que ce soit !

— Mais c'est quoi le rapport avec Monsieur Lanverdière et le plan pour lundi ? demande la petite Béatrice Aldroft qui espère bien qu'on trouvera une façon de faire disparaître pour toujours ce professeur fou.

— On a toute la fin de semaine pour élaborer notre plan dans tous ses détails! Et on va réussir! dit Nick en avalant d'une seule traite les trois biscuits qui restent au fond de la jarre.

CHAPITRE 3

Miracles à l'école Saint-Maxime

En ce lundi tant attendu, après une fin de semaine de préparation intense, Martin, debout depuis 4 heures du matin, va rejoindre Nick dans sa cabane. Ensemble, ils révisent le plan qui doit transformer pour toujours l'ambiance de la classe 302.

— Bonjour Nick !

— Très bien Martin, tu es à l'heure !

Nick, moins nerveux que Martin, écoute sa radio, branchée sur les fréquences voisines de celles qui sont utilisées par la police.

— J'ai peur que ça ne marche pas et que nous soyons expulsés de l'école !

Martin touche le bras de Nick pour être sûr qu'il n'a pas rêvé toute cette histoire.

Un violent frisson traverse tout son corps, puis une onde de chaleur l'envahit et le rassure. C'est la première fois qu'il ose toucher la main froide de Nick si longtemps et, curieusement, il sent un grand courage monter en lui.

— Béatrice appelle Nick... Béatrice appelle Nick.... à toi Nick ! Crache soudain la radio.

Nick saute sur sa radio. Béatrice est déjà en poste comme prévu dans la cachette des barils à côté de l'école.

— Ici Nick, Béatrice... tout est o.k. pour toi ? Tu n'as pas trop froid ? À toi !

— Non tout va bien ! Monsieur Lanverdière n'est toujours pas arrivé, ça c'est sûr... ni la directrice... À toi !

— Béatrice, c'est Martin, je viens d'arriver et je suis prêt à passer à l'action ! À toi !

— Moi aussi Martin. Je vous appelle aussitôt que le concierge remplace le gardien de sécurité ! À toi ! Terminé !

— O.k. À tout à l'heure ! Terminé !

— Et toi Martin tu as...

— Oui Nick regarde... je l'ai... j'ai même dormi avec...

Martin sort le petit pot magique de son sac à dos. Il le lui montre en tremblant !

— J'ai peur de le briser... et de détruire la potion ! Tu es sûr que ça va fonctionner ?

— On n'est jamais sûr de rien, mais au moins on va essayer... dit Nick avec le sourire des braves.

— Nick, tu es super... tu n'arrêtes pas de penser aux autres...

— Tout le plaisir est pour moi ! dit-il en souriant !

Soudain, à la radio !

— Vladana appelle Nick... Vladana appelle Nick ! À toi !

— Oui tante Vladana... ça va tante Vladana ? Tu as l'autobus ? Tu l'as n'est-ce pas ? Tu l'as ? À toi !

— Oui Nick ne t'inquiète pas.... tout va bien aller. C'est maintenant à toi, Martin et à Béatrice de jouer, pour l'opération la plus délicate ! Moi je fais le reste ! À toi !

— À 9 h 15, toute la classe sera dehors ! Terminé !

— Terminé !

Les deux amis, puisque tout est en place, vont rapidement déjeuner chez Martin. En grignotant des tartines au fromage et à la confiture de fraises, ils révisent leur plan. Pour changer la dynamique de la classe une fois pour toutes, leur idée est simple, mais complètement insensée. À 7 h 00, pendant que Nick occupera le concierge, Martin et Béatrice vont répandre la goutte magique sur la chaise de Monsieur Lanverdière. Quand toute la classe sera à sa porte et que Monsieur Lanverdière s'imbibera de la même magie qui enrobe la main de Nick, Vladana interviendra. Et là, la classe redeviendra une classe normale. Enfin, Monsieur Lanverdière, illuminé par la force de la potion, cessera d'être le champion des grognons et acceptera, ils l'espèrent tous, de faire sa première sortie depuis vingt-cinq ans. La journée s'annonce donc mémorable, à moins que tout tourne à la catastrophe.

De retour du déjeuner, Martin et Nick rappellent Béatrice.

— Nick, ici Béatrice... tout est o.k. ici, je vous attends à l'école !

— On est là dans deux minutes, dit Nick !

— Deux minutes ? Dix, tu veux dire, le temps de contourner la rue… !

— Non deux minutes, viens !

Nick invite Martin à le suivre. Ils descendent les marches de la petite cabane et au lieu de sortir, de prendre la rue et de contourner le quartier pour se rendre à l'école, Nick entraîne Martin dans le fond de la cabane. Derrière une grande armoire de bois remplie de centaines d'objets hétéroclites, Nick soulève une grande planche. Martin est renversé de voir que dans le sol il y a un trou. Une lampe de poche entre les mains, ils s'y infiltrent, et descendent une échelle de bois. Ils s'engouffrent alors dans un long tunnel souterrain qui les mène, au bout de deux minutes, à une autre échelle. Quand ils ressortent à l'air libre, Martin n'en revient pas. Ils sont à l'entrée de la grotte secrète, à deux pas de la cour de l'école. Martin sait maintenant que Nick n'a rien négligé… Ça fait sûrement des mois qu'il prépare son plan pour cette opération.

Concentrés et sûrs d'eux, ils se précipitent alors à l'école, armés de leurs folles idées.

Autant le dire tout de suite, cette journée sera ponctuée de plusieurs miracles.

Nick et Martin se précipitent aussitôt dans leur cachette secrète. Dehors, il fait toujours noir. Nick, respectant le code prévu ce jour-là, frappe trois petits coups, puis deux, puis cinq. À sa grande surprise, pas de réponse de Béatrice. Nick recommence donc son petit manège, encouragé par Martin… toujours rien.

Soudain, dans la cour du garage, une auto-patrouille de police, phares allumés, s'immobilise juste devant les barils, à deux pas de Nick et de Martin qui, à toute vitesse, entrent dans la cachette secrète sans respecter les règles qu'ils s'étaient données.

La police est là mais Nick et Martin, complètement paniqués, entrent dans le repaire, referment la porte construite à même les barils et cessent de respirer.

Les policiers sortent de leur auto-patrouille et s'approchent des barils. Martin s'apprête à lancer loin de lui le petit pot contenant la potion, croyant que Béatrice s'est fait surprendre et a tout avoué.

— Tu en veux un ou deux ? dit un des policiers à son collègue en sortant de son véhicule.

— Deux, tu le sais bien !

Ils s'approchent dangereusement des barils. Nick et Martin peuvent sentir leur souffle à quelques centimètres d'eux. Les souliers d'un des policiers, probablement venu les arrêter, frappent même dans la porte.

— On est pris ! pense Martin. Aussitôt, sans réfléchir, il lance le petit pot loin de lui pour éviter que la potion tombe entre les mains des policiers. Au moins, Nick, Béatrice et lui ne se feront pas traiter de sorciers.

Par chance, le petit pot de verre tombe sur Béatrice Aldroft qui se réveille en sursaut et qui s'exclame, sans se soucier du danger dans lequel elle met ses amis :

— Quoi ? Non je ne dormais pas !

Nick réagit très vite. Il se précipite sur Béatrice et lui met la main sur la bouche.

— Attention ! dit un policier.

— Qu'est-ce que tu as dit ? dit l'autre policier.

— Ah! Non! Je suis tellement maladroit parfois!

— Hé hé hé! Tu ne t'es pas brûlé au moins?

PREMIER MIRACLE:

AU MOMENT MÊME OÙ BÉATRICE ALDROFT S'EST RÉVEILLÉE EN SURSAUT, RISQUANT DE RÉVÉLER LEUR CACHETTE SECRÈTE AUX POLICIERS, UN DES POLICIERS A RENVERVÉ SON CAFÉ, NOYANT LE BRUIT PRODUIT PAR BÉATRICE. LES TROIS AMIS SONT DONC SAINS ET SAUFS.

— Viens, on va t'en acheter un autre... espèce de maladroit! Tu es pareil au hockey, tu n'es pas capable de tenir ton bâton! Hé hé hé! À cause de toi, on laisse peut-être s'échapper les pires bandits qui soient!

Pendant que Béatrice gigote, ne comprenant toujours pas ce qui lui arrive, les policiers ferment les portières de leur auto-patrouille et démarrent en trombe en quête d'un autre café. Hors de danger, Nick laisse enfin Béatrice libre de ses mouvements.

— Lâche-moi, je n'ai rien fait.... tu es fou ou quoi?

— Chut calme-toi, tout est o.k... tu dormais, c'est tout! dit Nick, en essayant de la calmer un peu.

— Oh! Non, la bouteille... j'ai lancé la bouteille! S'écrie Martin qui réalise sa gaffe. Tout notre plan est foutu.

Les trois cherchent fébrilement. Soudain, de la radio, on entend :

— Vladana appelle Béatrice... Vladana appelle Béatrice... À toi!

— Tante Vladana... c'est Nick... À toi!

— Nick? Tu es là? Bonne nouvelle, tout est réglé... mon ami m'a prêté l'autobus. On va passer une journée extraordinaire. À toi!

— Il y a un problème Vladi... la bouteille!

— Nick! dit soudain Béatrice tout énervée, dans mes poches, la bouteille, elle est là!

DEUXIÈME MIRACLE:

LA PETITE BOUTEILLE A FRAPPÉ LE MANTEAU DE BÉATRICE AVANT DE RETOMBER DANS SA POCHE SANS SE BRISER.

— Tout est réglé tante Vladana... on se revoit à 9h15 devant l'école.

— J'ai confiance en vous! Terminé!

— Salut tante Vladi, terminé!

Les trois complices éclatent alors d'un rire de soulagement tellement tout cela les a énervés.

— Et puis, Béatrice, demande Nick, le gardien de sécurité est parti ou non?

— Euh! Je ne sais pas, je me suis endormie... je rêvais à... un gâteau au chocolat qui tombait dans une piscine remplie de café!

Tous les trois n'arrêtent pas de rire et de rire à en avoir des crampes.

— Nick, demande soudainement Béatrice, comment vas-tu faire pour t'occuper du concierge?

— Je ne sais pas!

Ils éclatent encore de rire, puis sortent de leur cachette. Il semble que cette petite mésaventure leur a donné la dernière dose de courage nécessaire pour réaliser leur fameux plan.

Dehors, le soleil commence à colorier discrètement un coin du ciel. Comme le plan le prévoit, Nick entre le premier dans l'école. Heureusement, le gardien est sorti. Le concierge le regarde, étonné de le voir si tôt à l'école.

— M. Désilets? S'il-vous-plaît, pourriez-vous m'aider, invente Nick. Vendredi, j'ai oublié le livre de chimie de ma mère dans mon bureau. Elle en a absolument besoin ce matin. Je ne sais pas si vous pourriez m'ouvrir la porte de la classe.

— Oui, attends je te donne les clefs

Pendant que le concierge M. Désilets cherche son trousseau de clefs, Béatrice et Martin entrent discrètement dans l'école et se glissent au deuxième étage, rasant les murs, déguisés en courant d'air.

— Tiens voilà les clefs, dit le concierge en lançant son trousseau à Nick.

— Tu me les rapportes n'est-ce pas ? dit M. Désilets en riant !

— Dans deux minutes ! répond Nick en s'élançant vers le deuxième étage de l'école.

— Tu refermes bien la porte à clef ? Monsieur Lanverdière ne serait pas content de savoir qu'on est allé dans sa classe !

— Oui c'est certain !

Nick monte les escaliers à toute vitesse, presse ses amis (qui sont très heureux de voir que M. Désilets n'est pas monté) de le suivre en silence, ouvre la porte, leur dit de faire vite et leur donne rendez-vous dans leur cachette secrète. Tout le plan marche à merveille.

Nick retourne voir le concierge en vitesse et lui lance les clefs !

— Merci Monsieur Désilets.

Rapidement, il se dirige vers la porte de sortie quand M. Désilets l'arrête.

— Nick !

Nick s'arrête sans se retourner !

— Quoi ?

— Tu n'as pas trouvé le livre ? demande M. Désilets.

— Euh... le livre ?

Nick, dans sa précipitation a oublié le livre de chimie.

— Je... je... je ne l'ai pas trouvé... j'ai dû l'oublier en dehors de la classe... peut–être à la cafétéria.... ma mère va être déçue !

— Nick, viens ici une minute !

— Quoi ?

Nick est inquiet, M. Désilets a peut-être tout découvert !

— Viens ici !

Nick n'a pas le choix, il ne peut pas fuir sans raison.

— Mais, ma mère m'attend et...

— Viens ici j'ai dit.

Nick, qui croit être pris, baisse la tête et suit M. Désilets dans son bureau. Celui-ci fouille dans un tiroir puis lui remet un livre qu'il a trouvé.

— Tiens c'est un livre de…

— Oui, dit Nick, c'est ça... Où était-il ?

— Dans le corridor... tu es sûr que c'est un livre de chimie ?

— Ben... non... de géographie, mais il y a une page qui parle de chimie... merci M. Désilets. Merci !

TROISIÈME MIRACLE:

M. DÉSILETS RETROUVE UN LIVRE QUE NICK N'A MÊME PAS PERDU!

Le plan marche tellement bien que lorsque Nick revient à la cachette secrète, Béatrice et Martin y sont déjà. Ils sont ressortis de l'école pendant que M. Désilets est allé chercher le livre dans son bureau. Nick lui-même ne les a pas vu passer. Tout est en place, la goutte de potion magique, mélangée à un peu de jus de pommes (ceci ayant été fait sur les conseils scientifiques de tante Vladana) a été répandue sur la chaise de Monsieur Lanverdière.

Il ne reste plus qu'à attendre le début des classes et espérer que Monsieur Lanverdière sera vraiment transformé à jamais.

Une heure plus tard, quand la cloche sonne, Nick, Martin et Béatrice sortent discrètement de leur cachette et rejoignent les rangs de leur classe. Monsieur Lanverdière semble être d'une humeur massacrante, mais les trois comparses sourient. À compter d'aujourd'hui toute l'atmosphère de la classe sera changée comme par magie, ils en sont convaincus.

Tous les élèves de la classe 302 suivent Monsieur Lanverdière à la queue leu leu dans un silence et un ordre parfaits.

Arrivé devant la classe, Albert Lanverdière sort sa clef, mais, au grand malheur du valeureux trio, il flaire un coup monté.

— Tiens tiens tiens ça sent le jus de pommes ici, dit-il.

Martin rougit !

Avant même d'insérer la clef dans le trou de la serrure, Monsieur Lanverdière pousse la porte qui s'ouvre sans plus d'efforts.

À son tour Béatrice rougit de honte. C'est elle qui devait refermer la porte à clef. Dans l'énervement, elle a oublié.

— Tiens tiens !

Il entre dans la classe et se met à sentir comme un chien, à toute vitesse, en sautant sur ses pattes et en disant de petits mots bizarres. Il s'approche de sa chaise, n'y touche pas, mais comprend tout de suite qu'on y a fait quelque chose.

— Du jus de pommes, du jus de pommes, du jus de pommes, ça sent vraiment très fort le jus de pommes, apitchoum !

Il s'approche de son groupe d'élèves, les renifle un à un, et fait sortir du rang Martin et Béatrice.

— Cher Monsieur, chère Mademoiselle, apitchoum, je ne sais pas comment vous avez appris que j'étais allergique au jus de pommes... apitchoum, mais votre odeur trahit votre geste... apitchoum, geste qui ne pourra pas rester impuni... apitchoum apitchoum... tout d'abord allez nettoyer cette chaise.

Nick sort des rangs et tente de s'approcher de Monsieur Lanverdière.

— Et vous Nick, je ne suis pas né de la dernière pluie, je ne sais pas ce que vous avez à la main, mais je vous défends de me toucher.

Nick, impuissant, regagne lentement les rangs. Toute la classe, restée dans le corridor, observe en silence, pendant au moins quinze minutes, Béatrice et Martin qui nettoient la chaise avec du savon.

Prouvant la force magique de la potion, de la fumée et de tous petits éclairs multicolores jaillissent de la chaise à chaque fois qu'ils la touchent. Tous les élèves lancent des «oh» et des «ah». Nick souffre de voir toute cette magie disparaître, peut-être à jamais.

À chaque éclair, Monsieur Lanverdière éternue de plus belle. Plus Martin et Béatrice frottent, moins il y a d'éclairs et moins il éternue. Finalement tout disparaît. Nick essuie une larme. Béatrice et Martin sont tristes comme les pierres ; leur plan a lamentablement échoué.

— Vous voyez, dit Monsieur Lanverdière, une grimace horrible au coin des lèvres, ce n'est pas moi le sorcier ici. Un jour il faudra y voir plus clair là-dedans, mais ce jour-là n'est pas aujourd'hui. Allez, tout le monde en classe et l'on n'en parle plus. Il y a tellement de choses à apprendre, alors je ne veux pas un mot.

Tous les élèves s'apprêtent à entrer dans la classe quand tante Vladana surgit dans le corridor.

— Monsieur Lanverdière, excusez mon retard, ça ne se reproduira plus je vous le promets. Bonjour tout le monde !

Tante Vladana serre la main à tous les élèves en leur disant :

— C'est par là, suivez Nick ! On va passer une journée extraordinaire à la campagne !

Nick recommence à sourire. Il sait que sa tante a toujours un tour dans son sac et, encore là, elle ne laissera rien au hasard. Mais, pense-t-il inquiet, sait-elle que la magie n'a pas opéré et que Monsieur Lanverdière a gardé son caractère grincheux ?

Les élèves suivent Nick avec prudence. Ils s'éloignent de Monsieur Lanverdière, mais s'attendent à tout moment à ce qu'il les ramène dans la classe d'un seul mot d'ordre. Mais ce qu'ils voient alors les renverse.

Après avoir serré la main de tous les élèves, Vladana s'approche de Monsieur Lanverdière. Alors, le quatrième miracle de la journée, et le plus improbable, se produit.

QUATRIÈME MIRACLE :

COUP DE FOUDRE ENTRE TANTE VLADANA ET ALBERT LANVERDIÈRE.

Albert et Vladana se fixent dans les yeux pendant au moins deux minutes sans dire un seul mot. Martin et Béatrice jurent avoir vu tout plein d'étincelles bleues traverser leurs regards. Le visage de Monsieur Lanverdière devient lisse et doux et tous les élèves recommencent leurs «oh» et leurs «ah» en voyant, miracle, un sourire apparaître sur ses lèvres.

Nick n'a jamais vu sa tante Vladana dans un état pareil. Elle, célibataire depuis toujours, cherchant constamment une nouvelle formule chimique ou une nouvelle expérience à réaliser, et là...

— Tante Vladana, pense Nick, vient-elle d'être attaquée par un coup de foudre?

Laissant leur professeur et tante Vladana dans l'entrée de la classe, tous les élèves suivent

Nick en silence et s'installent, nerveux, dans l'autobus. Personne n'ose bouger. La directrice vient leur demander ce qu'ils font là, et leur ordonne même de retourner dans la classe. Soudain, Monsieur Lanverdière arrive, tout joyeux.

— Bonjour Madame Sansregrets, je suis désolé de ne pas vous avoir parlé plus tôt de notre activité d'aujourd'hui. Je vous demande officiellement la permission d'amener toute la classe en promenade scientifique dans le bois de la Rivière Rouge. Nous serons de retour à la fin de l'après-midi. Voici Madame Vladana Loutchinski qui nous accompagne. Cela vous convient-il ?

— Euh... dit la directrice un peu mal à l'aise, et bien...

La directrice n'en revient tout simplement pas. Rien n'était comme d'habitude. Il aurait fallu préparer cette sortie au moins une semaine à l'avance, mais elle est tellement surprise de la joie qui émane de Monsieur Lanverdière que...

— Tenez...

Nick s'approche de la directrice avec, à la main, une liste de feuilles signées.

— Voici les feuilles d'autorisation des parents, ils les ont signées en fin de semaine.

— Ah ! Oui ?

Monsieur Lanverdière est très surpris. Il veut interroger les élèves, mais son regard croise celui de tante Vladana et il oublie toutes ses récriminations.

Heureuse de pouvoir accepter cette sortie, la directrice fait donc un grand sourire à tous :

— Bonne journée alors !

La journée fut mémorable ; l'amour soudain, ressenti par Monsieur Lanverdière pour Tante Vladana, le transformait du tout au tout. En restant tout de même un peu bizarre, il permettait à ses élèves d'explorer le boisé et de partager certaines idées. Il y avait vraiment eu miracle.

Vladana, experte en plantes de toutes sortes, fit découvrir à toute la classe les richesses insoupçonnées de la forêt. Sûre de son succès, Vladana avait tout prévu pour le dîner. Elle décida même de préparer une soupe et un bouillon avec ce qu'elle put trouver dans ce milieu naturel.

Avant de revenir à l'école la tête remplie de sourires, les élèves de la classe 302 sont surpris quand Vladana sort sa guitare, et chante avec Monsieur Lanverdière une chanson à répondre où chacun peut inventer un couplet pour son voisin.

Le soir venu, tous les élèves, même Nick, Martin et Béatrice, hésitèrent à parler de leur journée à qui que ce soit, craignant que le lendemain tout revienne à la normale.

CHAPITRE 4

L'amour fou de Vladana

Les semaines qui suivent sont invraisemblables. La folie d'Albert Lanverdière commence à amuser les élèves et tous embarquent dans une sorte de délire dans lequel il devient agréable d'apprendre.

La joie qui l'habite ne l'empêche pas de tout vouloir faire à l'envers des autres. Un matin :

— Tenez, chers élèves... mettez ce bandeau.

Après avoir déplacé tous les bureaux vers les murs, il invite les élèves à se bander les yeux. Dans la classe on commence à aimer ses excentricités et on obéit dans la joie. Il les place dans le centre de la classe où il leur fait entendre une musique de son cru, à la fois rock et nouvel âge où la guitare électrique côtoie la harpe.

— Maintenant, bougez, dansez Si vous vous concentrez bien, si vous vous laissez aller vraiment librement, si vous vous faites confiance, il n'y aura pas de bousculade. Zesnad zesnad snas rihcélfér !

— Dansez dansez sans réfléchir ! dit très fort Nick qui adore la nouvelle ambiance de la classe.

— Merci Nick !

Et sans plus attendre, Albert Lanverdière lance sa musique enregistrée qu'il scande allègrement avec quelques instruments de percussions. Au bout d'une demi-heure de ce glorieux spectacle que personne ne peut voir, Albert ralentit la cadence et leur souffle tout doucement :

— Quand vous serez prêts, trouvez-vous une place.

Lentement, les élèves de troisième année se laissent entraîner dans le jeu, et tous se trouvent un endroit précis.

— Vous pouvez enlever votre bandeau.

Ils retirent tous leur bandeau et restent stupéfaits d'émerveillement. Par un hasard extraordinaire, ils ont formé un cercle parfait autour d'Albert Lanverdière. Devant la beauté et la magie du moment, ils éclatent tous d'un rire unique. Fanny, une des élèves, se dirige vers son pupitre et s'apprête à l'approcher du centre de la classe.

— Attends Fanny ; avez-vous des coussins chez vous que vous pourriez apporter en classe ?

— Oui ! répondirent plusieurs.

— Moi j'en ai une bonne dizaine, dit Martin, je peux les apporter pour ceux qui n'en ont pas.

L'amour, encore plus fort que la magie, a transformé Monsieur Lanverdière à un point tel que les autres professeurs de l'école commencent à lui faire la vie dure.

Ils trouvent qu'il fait trop de sorties, que ses élèves et sa classe sont bruyants, que la musique devient trop importante dans l'école, que sa classe n'a pas l'air d'une classe etc... etc... Bref, la jalousie s'installe et on décide que la bonne humeur de Monsieur Lanverdière est suspecte.

Après tout, se disent-ils en assemblée spéciale où il n'est pas convoqué, il enseignait d'une certaine façon depuis quinze ans, alors pourquoi tout à coup change-t-il toutes les règles ?

Les restrictions pleuvent, mais rien n'y fait ; Monsieur Lanverdière reste à l'écoute de ses élèves et les encourage à s'exprimer et à créer une ambiance de travail agréable.

Vladana, se voyant interdire l'entrée de l'école par les autres professeurs, décide de porter un grand coup. Ne pouvant tomber en amour avec tout le monde de l'école pour les transformer, elle entreprend une grande croisade. Fabriquer de la potion pour tous les autres professeurs.

Aidée de Martin, de Béatrice et de Nick, elle recommence, sans le dire à son cher Albert, à réunir l'interminable liste des ingrédients nécessaires à la fabrication de cette mystérieuse potion.

De l'ail des bois, un pétale de rose, une griffe de chauve-souris, du bleu de méthylène, une poussière récupérée de la classe d'une école primaire, de la poudre pour bébé, quatre miettes de verre cassé, la page dix-sept de l'Évangile selon Saint-Mathieu (extraite de la Bible version livre de poche), une cocotte de pin tombée d'un arbre avant le lever du soleil, de l'eau de source pure recueillie par les fabricants de la potion, quinze gouttes de rosée, un trèfle à quatre feuilles, quatre brins d'herbes identiques, une larme de souris, un bas de laine non lavé depuis un mois, un cheveu blond, un crin de queue de cheval, une crotte de rat, une dent de cochon, une coquille d'oeuf de héron bleu... Écrite en tout petit par on ne sait quel grand magicien, la liste, longue de trois cent soixante ingrédients que l'on ne reproduira pas toute ici se termine par : deux cuillérées à table de jus de pommes fraîchement cueillies et écrasées par les préparateurs de la potion.

Tous ces ingrédients à rassembler doivent être fondus et mélangés dans les fioles de tante Vladana.

— Nick, dit Martin à son fidèle ami, un soir dans sa cabane, en observant une souris dans une cage, crois-tu vraiment à cette recette ?

— Je ne sais pas ! Je sais que je crois à tante Vladi, elle réussit tout ce qu'elle entreprend. Tu as vu ma main ? Ses expériences ne fonctionnent pas toujours comme prévu, mais elle réussit toujours à en tirer le meilleur parti. Tu as vu avec Monsieur Albert ?

— Mais, si ça fonctionne, on va pouvoir transformer tout le monde peut-être... il n'y aura plus de guerres, plus de chicanes.

— Ça me surprendrait qu'on puisse fabriquer assez de potion pour guérir tous les humains de la terre... d'autant plus que faire pleurer une souris ce n'est pas facile !

La larme de souris était un des derniers éléments à trouver pour tenter le grand coup de la potion magique.

— Souris, tente Martin en parlant à la souris dans sa cage, tu te souviens de ta maman souris ? Quand tu penses à ta maman, ça ne te... Oh ! C'est ridicule, une souris ça ne pense pas, ça ne pleure pas... c'est la preuve que cette recette est une blague...

— Pourtant, tu as vu les éclairs l'autre jour sur la chaise de Monsieur Lanverdière ? Et ça, avec seulement une goutte de potion... et en plus, Tante Vladana n'avait même pas mis de larme de souris.

— C'est vrai... les éclairs m'ont vraiment impressionné... ça me fait peur Nick... imagine que tout le monde soit heureux... que plus personne ne veuille dominer personne... que chacun trouve sa propre force... Il y aurait des éclairs partout, des éclairs de génie, des inventions, des fusées qui s'envoleraient vers les autres galaxies. Des maisons construites en forme de cornet de crème glacée, des concours et des tournois de football tous les jours.

Nick et Martin rêvent éveillés toute la soirée... et si tout ça était vrai ? Et si cette recette retrouvée par hasard dans un vieux livre poussiéreux avait vraiment des propriétés magiques ?

Vers 11 h, ils s'endorment. La mère de Martin ne s'inquiète pas ; elle sait bien que son fils dort dans la cabane de Nick tous les vendredis soirs.

À 3 h du matin, Martin se réveille en sursaut et, vite, ouvre la lampe de poche, cherchant à voir si la souris a vraiment été dévorée par un corbeau. Heureusement, il n'en est rien ! La souris, bien éveillée, fixe, à travers les barreaux de sa cage, la pleine lune qui remplit la moitié de la petite fenêtre de la cabane de Nick.

Ronde comme un ballon de football, Martin l'aurait bien « dribblée » cette lune magnifique. Il l'aurait promenée du bout du pied tout autour des planètes de la galaxie. Il l'aurait fait rebondir sur sa tête au moins vingt fois s'il avait pu !

La souris, elle, semble plus songeuse. Sans doute voit-elle tous les cratères de la lune comme les grands trous d'un immense morceau de fromage.

Nick a peut-être lu dans les pensées de Martin et de la souris, car il donne à leur petite prisonnière un morceau de fromage.

— Tiens, dit Nick à peine éveillé, tu es brave, petite souris.

La souris, pourtant si affamée la veille, néglige le morceau de fromage et continue calmement son observation lunaire.

— Tu as vu Nick ? On dirait qu'elle voit quelque chose qu'on ne voit pas...

— Je pense qu'elle voit la lune qui vole et qui flotte dans l'espace comme un vaisseau spatial alors qu'elle ne peut même pas courir dans cette cage tellement il y a peu d'espace là-dedans !

Comprenant tous les deux que la souris ne leur donnera jamais la larme tant attendue, ils décident, d'un seul regard complice, d'ouvrir la cage et de laisser leur petite pensionnaire fuir vers la lune.

La souris, apeurée d'abord par le bruit de métal de la porte qui s'ouvre, s'élance d'un coup hors de la cage, prête à découvrir l'astre et toute la galaxie.

Puis, soudain, elle s'arrête au bout de la table sur laquelle est posée la cage, se retourne vers Martin et Nick et les regarde un bon moment. Alors, peut-être attirée par l'odeur de fromage que dégage encore les mains de Nick, elle vient lécher les doigts de sa main froide. Quand tout son corps se retrouve dans la paume de la main de Nick, celui-ci approche la souris de ses deux yeux verts. Martin, lui, se pince pour voir s'il dort, tellement cela lui apparaît extraordinairement irréel.

La souris se lève sur ses pattes arrières, lance un regard perçant vers Martin, semble sourire à Nick, puis verse une larme dans la paume de sa main. Puis, elle fait un clin d'oeil à Martin, saute sur le plancher de bois et disparaît de leur vue en s'engouffrant dans un petit trou, juste à coté de la fenêtre.

Martin s'empresse d'approcher un petit pot de verre vide où Nick verse la larme de souris.

Au même moment, Tante Vladana entre en trombe dans la cabane, sans paraître se soucier le moins du monde de l'heure indue.

— Nick... Ah ! Tu es là Martin toi aussi. On a tout, on a vraiment tout. Béatrice a tout trouvé aussi je crois et vous ?

— On a tout... même ça ! dit Nick en montrant la larme de souris.

— Est-ce que ça dérange si c'est une larme de joie ? dit Martin.

— Au contraire. C'est beaucoup mieux. J'ai réussi à décrypter le reste de la recette. Il faut la compléter à la pleine lune, et cette nuit, c'est la pleine lune. Venez !

Nick et Martin suivent Vladana qui rayonne de bonheur. Chez elle, tout a changé depuis qu'elle a rencontré Monsieur Lanverdière. Ses murs sont maintenant tapissés de petits mots d'amour qu'Albert lui griffonne sans cesse. Dans la maison, une odeur particulière et indé-finissable rend les visiteurs joyeux, comme si le bonheur sentait la rose ou le jasmin.

— Chut ! Les gars, ne parlez pas trop fort, dit Vladana, Albert dort !

— Monsieur Lanverdière est ici ?

— Oui... il s'est endormi sur le divan en corrigeant vos devoirs de français et je n'ai pas osé le réveiller.

— Il est au courant ? demande Nick.

— Non pas vraiment. Il pense que je fabrique des parfums. Je ne veux pas lui faire peur, mais je n'ai pas le choix, c'est cette nuit qu'on doit faire cette fabuleuse recette !

— Tu l'aimes bien hein, Tante Vladi ?

— Oui, beaucoup ! Venez les gars, et pas un bruit !

Soudain… un craquement. La porte d'entrée s'entrouvre doucement. Monsieur Lanverdière se retourne sur le divan.

— Est-ce que c'est la souris qui veut récupérer sa larme ? demande Martin.

— C'est Béatrice, dit Vladana, je l'ai appelée sur la radio dans sa chambre.

— Salut Béatrice, disent Nick et Martin, heureux de voir leur amie.

— Est-ce que tu as réussi à attraper la chauve-souris ? s'inquiète Vladana.

— Oui, regardez.

Elle leur montre la griffe de chauve-souris.

— C'est curieux, continue Béatrice, la chauve-souris s'est laissé couper la griffe en fixant la pleine lune.

Dans la petite maison, il y eut un long silence, entrecoupé seulement par des ronflements d'Albert Lanverdière.

— Mon père m'a ramené un crin de la queue d'un cheval, une dent de cochon et j'ai finalement réussi à couper un cheveu blond à ma petite voisine.

Béatrice est vraiment fière d'elle.

Dehors, dans un ciel sans nuage, un éclair bleu et rose traverse le firmament, illuminant toute la maison de Tante Vladana.

— Venez, c'est un signe. C'est cette nuit qu'on fabrique la plus merveilleuse des potions.

Vladana descend au sous-sol, suivie de Nick, Martin et Béatrice, irisés dans leur descente, par une dizaine d'éclairs multicolores.

Tous gardent le silence,... l'heure est magique.

— Est-ce un rêve ou tout cela est-il bien réel ? La magie existe-t-elle vraiment ? Et sinon, d'où vient le pouvoir de la main froide de Nick ? se demande Martin, toujours un peu inquiet.

Le sous-sol entier est rempli de fioles, de brûleurs et de tuyaux de toutes sortes. Tout l'espace disponible est maintenant utilisé. Cette fois ce n'est pas une goutte qui sera fabriquée mais un litre ou même trois ou quatre litres de potion magique.

Tante Vladana se concentre sur les derniers préparatifs, et ne se préoccupe pas le moins du monde du fait que plus l'expérience approche plus les éclairs se multiplient.

— Vladana, dit Martin, je pense qu'on devrait arrêter. Il y a trop d'éclairs. Peut-être qu'on n'a pas le droit de faire ça !

Vladana n'entend même pas les craintes de Martin tellement le tonnerre, à son tour, gronde fort. Toute la maison vibre.

— Ça y est, dit Vladana, tout est prêt, j'allume les brûleurs !

Le tonnerre devient fou, les éclairs traversent les murs et, pourtant, par la fenêtre du sous-sol, on peut toujours voir la pleine lune dans un ciel dégagé.

— Oh ! Non, s'arrête tout à coup Vladana, j'ai oublié le jus de pommes !

Elle grimpe les marches quatre à quatre, écrasant les pieds de ses trois comparses en passant.

Comme son bien-aimé est allergique au jus de pommes, elle en a caché un contenant dans la garde-robe de sa chambre, dans un petit coffre en bois. Avec précaution, elle déballe le tout. Les éclairs et le tonnerre redoublent à un point tel que Martin et Béatrice commencent à trembler. Seule la main de Nick sur leurs épaules réussit à les calmer un peu.

Quand Tante Vladana redescend les marches, une bouteille de quatre litres de jus de pommes entre les mains, elle s'arrête un moment… Albert éternue entre deux coups de tonnerre.

— C'est fou ce que son allergie est forte, pense Vladana.

— Tante Vladana, on arrête tout

— Non tout va bien se passer. On va assister à la plus grande concentration d'énergie depuis que les savants ont réalisé la fission nucléaire mais là ce ne sera pas pour détruire mais pour transformer l'humeur des humains !

Vladana se précipite vers ses fioles et allume les brûleurs. Au moment où elle s'apprête à verser le jus de pommes, les éclairs se multiplient et les coups de tonnerre font voler en éclats une fenêtre. Tout s'arrête. Dans l'escalier, Albert Lanverdière, regarde autour de lui, éberlué. Puis, au milieu d'un éclair, il éternue si fort que Vladana recule, comme si elle avait été poussée par un vent violent. Elle se cogne contre une fiole et des tuyaux. Le jus de pommes s'échappe alors de ses mains et accroche un des brûleurs qui tombe par terre, enflammant la feuille où est écrite la recette.

Albert, éternue de plus en plus fort en descendant les escaliers, s'accrochant au passage dans les milliers de tubes, provoquant, au milieu des éclairs, la fuite de tous les liquides qui rapidement s'enflamment à leur tour, provoquant une véritable catastrophe.

Nick accroche Béatrice et Martin et les pousse vers le premier étage en leur criant de sortir au plus vite de la maison et d'appeler les pompiers.

Le feu s'est propagé si rapidement qu'ils réussissent de peine et de misère à sortir de la maison et, déjà, leurs visages et leurs vêtements sont noircis.

Dehors, c'est la grande paix, il n'y a aucun éclair, aucun nuage, pas de tonnerre et la lune, paisible, éclaire la nuit d'une douce lumière. Pourtant, quand, sur le trottoir, Béatrice et Martin se retournent, déjà, des flammes gigantesques brûlent jusqu'au ciel.

Martin court à toute vitesse chez le voisin pour appeler les pompiers. Béatrice s'approche un peu de la maison craignant pour la vie de Nick, de Tante Vladana et d'Albert.

Tout à coup, Nick, véritable torche humaine, sort de la maison, portant son professeur dans ses bras. Il le dépose sur l'herbe. Béatrice se précipite vers lui pour lui venir en aide en attendant l'arrivée des secours.

Nick, à l'aide de sa main froide, éteint lui-même le feu qui cherche à le consumer. S'approchant d'Albert, il lui essuie le front. Tout doucement, Monsieur Lanverdière reprend vie.

— Tante Vladana, crie soudain Nick en se redressant.

Au loin, on entend les sirènes de pompiers. Martin arrive en courant.

— Ils arrivent. Ça va Nick ?

— Tante Vladana !

Nick regarde la maison en flammes. Il pointe sa main froide vers la maison, croyant que sa main magique pourra tout éteindre d'un seul coup, mais le feu, au contraire, redouble d'ardeur.

Nick marche d'un bon pas vers la maison. Martin le rejoint.

— Nick, attends, les pompiers arrivent

— Martin, tante Vladana va mourir. Je suis le seul qui peut la sauver !

— Nick ! Martin veut le retenir mais il sent bien que rien ne l'arrêtera. Vas-y Nick, je t'attends, mais promets-moi que tu reviendras vivant !

Mais Nick est déjà parti. Main froide devant, il ouvre la porte. Des myriades d'étincelles et de lumières multicolores virevoltent et tourbillonnent dans le salon.

Nick plonge au milieu de l'enfer. Martin fixe la pleine lune, et pleure comme la souris tout à l'heure, mais de tristesse cette fois.

— Pleine lune, murmure-t-il, aide mon ami de toute ta magie, comme tu as aidé la souris à se libérer. Aide-le tout de suite !

Nick, poussé par une force mystérieuse, bouge de deux mètres vers sa gauche, au moment même où une poutre tombe. Il descend ensuite les escaliers du sous-sol en flammes, éloignant de sa main froide le feu qui cherche à le détruire.

Au sous-sol, il retrouve Tante Vladana au milieu d'un enchevêtrement d'éclairs magnifiques. Il découvre avec joie que son corps, sans connaissance, est protégé des flammes par le liquide qui tombe d'une fiole sur elle, créant les éclairs protecteurs.

Nick, sans même se poser de questions sur la force dont il a besoin, soulève Tante Vladana de sa main droite et se glisse avec elle sous l'amas d'éclairs qui les protége de ce feu diabolique.

Transporté par la force incroyable qu'il ressent au milieu de ces éclairs, il se fraie un chemin jusqu'à la sortie de la maison.

Il confie Tante Vladana, vivante mais inconsciente, aux soins de Béatrice puis, voyant que les pompiers, les journalistes, les voisins et les policiers arrivent au même moment, il s'éclipse vers une haie de cèdres, suivi de Martin.

— Nick, que fais-tu?

— Je ne veux voir personne, sauf toi! C'est trop triste! Au moins la potion a sauvé Tante Vladana!

— Et toi tu as sauvé Monsieur Lanverdière. Tu es un héros Nick!

— Chut! Je veux que personne ne sache ce qui s'est passé, c'est notre secret d'accord?

— D'accord!

CHAPITRE 5

À l'hôpital

Un mois après la tragédie, dans la chambre de l'hôpital où Tante Vladana est toujours sous observation, Nick et Martin lui disent au revoir.

— Au revoir Tante Vladi, on se revoit ce soir !

— Merci les gars... vous embrasserez Albert pour moi, et Béatrice aussi !

— On revient avec eux ce soir. Je t'aime !

Martin et Nick sortent de la chambre, un peu tristes. Le médecin les aborde avant d'aller rejoindre Vladana.

— Ça va ? demande le médecin.

— Oui ! Vous avez fait des miracles, même si elle a été dans le coma, elle est redevenue elle-même grâce à vous ! Et aucune cicatrice sur le corps ça c'est…

— miraculeux oui. Je suis fier de l'équipe. Je ne pensais jamais qu'on la sauverait. Parfois, il y a des choses incompréhensibles !

Le médecin tend la main droite à Nick qui la lui serre avec sa gauche, gardant précieusement sa main froide dans son dos. Jamais il ne voudrait qu'un médecin découvre son secret.

— Es-tu blessé ?

Nick, s'éloigne sans dire un mot au médecin éberlué.

— Au revoir docteur ! dit Martin en rejoignant son ami.

Martin et Nick descendent les marches de l'hôpital en silence. Bien malgré eux, la tristesse les envahit.

— Tu avais raison Nick, je pense que Vladana a tout oublié !

— Elle ne se rappelle plus rien de ses expériences. Tu as vu quand je lui ai touché le bras malade avec ma main froide, elle a eu froid, ça lui a fait du bien, mais elle ne m'a pas souri comme d'habitude. Quatre fois j'ai dit les mots potion, éclair, formule, elle ne comprend pas !

— Nick, elle a tout oublié, peut-être qu'un jour elle va se rappeler ?

— J'espère, d'autant plus que la formule magique a brûlé aussi ! Te souviens-tu de certains des ingrédients ?

— Cent au moins ! Ceux dont j'avais à m'occuper !

— Moi, au moins cent aussi, Béatrice cinquante autres. Il nous manque de l'information. Il y avait trois cent soixante ingrédients.

— Au moins elle est encore vivante.

— Oui tu as raison. C'est à nous de l'aider à retrouver toute sa mémoire ! Vite on va être en retard à la cérémonie !

La course vers l'école recommence et déjà Martin dépasse Nick par deux longueurs.

Chapitre 6

Une vedette à l'école

Dans le gymnase, toute l'école est réunie pour applaudir la vedette de la ville. La mairesse, les députés, le premier ministre, les parents et des représentants de tous les médias du pays, se sont donnés rendez-vous à l'école Saint-Maxime pour féliciter l'élève qui a sauvé la vie d'Albert Lanverdière, l'enseignant miraculé, et de Vladana Loutchinski, une modeste cuisinière, toujours mal en point, mais en voie de guérison.

C'est sous les applaudissements de toute l'école et sur une chanson interprétée par tous les élèves de la classe 302, qu'Albert Lanverdière se prépare à prendre la parole.

Nick et Martin arrivent juste à temps pour se glisser au milieu des élèves de la classe et chanter la chanson inspirée de la vie de la classe depuis que Monsieur Lanverdière a rencontré sa belle Vladana.

Albert, radieux, embrasse chacun des élèves, s'attardant un peu plus à Nick qui dépose sa main froide sur son épaule, l'aidant ainsi à surmonter sa tristesse face à l'absence de Vladana lors de cette grandiose cérémonie. Finalement, après la chanson, Albert se dirige au micro.

— Monsieur le premier ministre, Madame la mairesse, madame la directrice, mes collègues les professeurs, chers parents, chers élèves de l'école Saint-Maxime et vous, représentant des médias, l'année qui se déroule me comble. Tout d'abord j'ai des élèves extraordinaires qui m'apprennent autant que je leur apprends, ce sont des enfants fantastiques. Et, en plus, une de ces personnes uniques m'a sauvé la vie et, grand bonheur, a sauvé la vie de ma compagne Vladana. Pour son courage, sa force de caractère, sa magie naturelle et l'exemple que cet élève représente pour ses amis et les jeunes du monde entier, je vous demande d'applaudir très fort...

Au moment même où il dit cela, un rideau s'ouvre sur une immense photo où l'on voit Monsieur Lanverdière et Vladana devant la maison en flammes dans les bras de...

— Applaudissez très fort BÉATRICE ALDROFT !

Béatrice Aldroft, sous les applaudissements, l'ovation debout et, devant le crépitement des appareils photos, s'avance puis s'arrête près de Nick pour lui dire à l'oreille :

— Nick, il est encore temps de tout dire

— Béatrice je t'en prie, personne ne doit savoir à propos de ma main... sinon j'ai peur de perdre tous mes pouvoirs et je ne pourrai plus aider les autres. Je n'aime pas être en avant ! Fais ça pour tante Vladana d'accord ?

— Tu vas m'aider n'est-ce pas Nick ? Je veux bien être célèbre, mais je vais avoir besoin d'aide !

— Oui tu peux compter sur moi !

— Moi aussi Béatrice je vais être là, dit Martin en la poussant doucement vers le micro.

— Béatrice Aldroft, brave parmi les braves ! crie Monsieur Lanverdière. Aussitôt, la foule se lève pour l'applaudir.

CHAPITRE 7

Un pour tous

Le soir dans la cabane, Martin et Nick admirent la croix d'honneur que Béatrice porte à son cou.

— Béatrice tu as été superbe. Ton discours, ta façon de remercier tout le monde. Tu es une bien meilleure héroïne que moi ! dit Nick.

— Merci. Elle est belle, je n'avais jamais rien gagné auparavant ! Même si je ne mérite pas vraiment ces honneurs, ça réchauffe le coeur ! Tout le monde m'aime.

— Maintenant on est lié par le plus grand des secrets, dit Martin, tous pour un !

Et tous les trois de répondre en choeur !

— Et un pour tous !

En disant cela, ils ont une pensée pour Tante Vladana. Un jour, grâce à leur nouvelle confrérie, elle retrouvera sa mémoire de sorcière, et redeviendra, tôt ou tard, leur fidèle alliée dans leurs futurs gestes de bravoure.

TABLE DES MATIÈRES

CONCOURS
« ÉCRIS TON PERSONNAGE »

Crée ton propre personnage qui pourrait
se retrouver dans l'épisode 13 de
Nick la main froide.

Détails du concours
www.nicklamainfroide.com